cidade imaginada

Porto da Poesia

Fotos e versos de

ALEXANDRE BRITO

Libretos

Porto Alegre, 2025

Edição e design gráfico
Clô Barcellos

Revisão (segue o Acordo Ortográfico da Língua Portuguesa)
Beto Arreguy

Dados Internacionais de Catalogação na Publicação
Daiane Schramm CRB-10/1881

B849c Brito, Alexandre
Cidade imaginada: Porto da Poesia. / Alexandre Brito. – Porto Alegre: Libretos, 2025.
84p.; il. color; 18x16cm
ISBN 978-85-5549-084-2
1. Literatura brasileira. 2. Poemas. 3. Fotos-paisagens. 4. Porto Alegre. 5. Águas do Guaíba. I. Título
CDD 869.1
CDU 82-94

Catálogo sistemático
Literatura-poemas: CDD B869.1

Libretos
Rua Peri Machado, 222, bloco B, 707
Bairro Menino Deus.
Porto Alegre, RS – Brasil
90130-130

www.libretos.com.br
libretos@libretos.com.br
@libretoseditora

Contato do autor
@eu.alexandrebritoescritor

sumário

fogos acesos
a cidade desperta

a fornalha do dia crepita

o café
o pão dormido
o corre-corre da condução

do Sarandi
para o Moinhos de Vento
da Restinga para o Menino Deus
do Rubem Berta
para o Jardim Lindoia
do São Geraldo para Três Figueiras

a fornalha do dia queima
lenta
sanguinolenta
até se extinguir no mais puro azul.

o dia
amanhece

sem pressa

prenhe
de impossibilidades
amanhece
apenas
e tão somente

tal sumi-ê
qual haicai
sem saber
de onde vem
para onde vai

essa a desconcertante sabedoria do dia.

o dia surge
belo
como nunca antes

ante o irremediável tormento
o sol exuberante

a esperança
esse fermento
cresce
no desalento

ninguém represa
a força do vento
nada detém
o andar do instante

o dia
surge
belo
como nunca antes.

dizer a luz de um lugar
é reter o brilho
de uma estrela extinta
e na face mínima
de um poema
exibi-lo

até a última linha.

a beleza

a beleza se espalha
língua d'água lambendo a praia

a beleza se entranha
estranha como a teia da aranha

a beleza evapora

nuvem de nada no céu cor de prata
a beleza se esvai

entre o silêncio sem fim
e as pedras do cais.

bruma da manhã
a cidade se esconde
dentro de um sonho.

azular

acordar
com a cidade em extrema luz

respirar
o resplandecer

azul azul azul
azul azul
azul

do céu ciano
ao indefectível
blue.

o admirável monstro das nuvens

O admirável monstro das nuvens paira sobre Porto Alegre.
Levado pelo vento como uma pluma de algodão observa seus habitantes.
Alguém nota a sua presença e abana. É Alana. A menina com olhos de cigana.
O admirável monstro das nuvens não abana de volta. Mas sorri.
E segue silencioso, feliz, por apenas Alana tê-lo visto ali.

onde?

a cidade ao lado
ao longe, ao largo
não é mais que um
revés cotidiano sem
medida ou perdão

bate no cristalino do olho
como breu

brota da carne dos arranha-céus
como breu

se lança contra
a poeira das almas
como sentença
de morte em vida
sem estima sem
pedra de roseta ígnea

onde a cidade escondeu
o que a gente esqueceu?

a noite chega
a noite sempre chega
a noite e seu manto de matéria negra
cravejado de estrelas

porém
antes da noite
depois da tarde
quando o sol ainda
magnífico
arde
a terra cora
de crepusculares esporas

ao fim
e ao cabo
a noite chega

silenciosa

mas não antes
que a última fagulha
da fornalha das horas
esmoreça
e vá embora.

a nau

solitária
atravessa
a paisagem gris

sua quilha
rasga melhor
a lâmina das águas
quando contra a corrente

sabe
o segredo da margem
o mistério do peixe

a nau
vaga entre o longe e o distante
e naufraga
no fundo buraco do instante.

o graneleiro

de sorgo
sua carga preciosa
sorgo e solidão

flutuando assim no lago
quem pode dizer da casca crua
da áspera espera
da ausência nua?

o grão não vai encontrar o chão
será ração de gado
no entanto
solidão é facão afiado

vai encontrar um violão
um violino
um fado
e deixar
inscrito
na barriga
do barco
onde a lâmina das águas lambem o casco
um verso
feito de sangue, sorgo
e lastro

o graneleiro dorme
âncora fundeada na lama
amanhã
segue para onde a profundidade clama.

dos presságios

quando
uma nuvem
de maus pressentimentos
paira
sobre o horizonte provável
o improvável
se impõe
como as páginas
de um jornal ainda não redigido.

não era dia
não era noite

não era hoje
não era ontem

sequer
um amanhã

sem sorte
sem corte

era esse
não sei onde

pedaço
de deslugar

onde o invisível
se esconde.

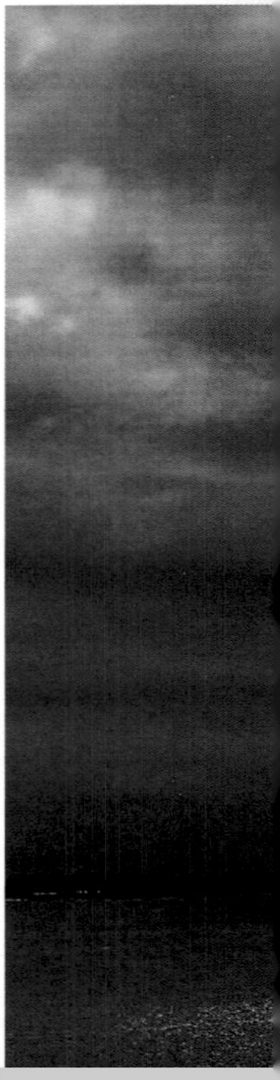

a cidade
renasce
sem voz
dos escombros da madrugada veloz.

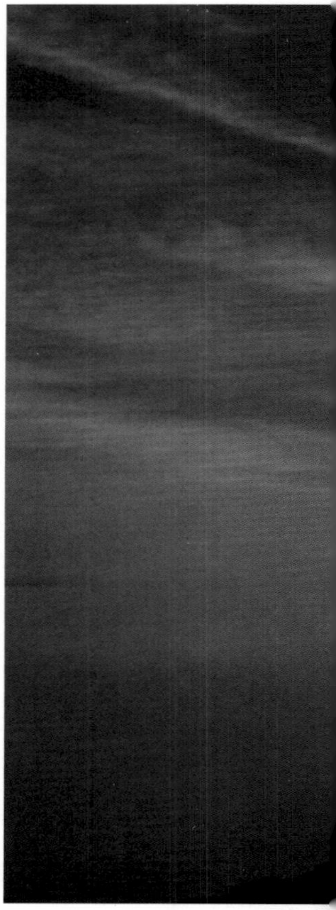

antes
da noite cortar os pulsos
e sangrar o amanhecer

antes
de seus longos braços
abraçarem pela última vez
o breu que parte
o rebento que nasce

sob um lilás terno
a cidadela ronrona

indiferente às antenas de tv
e ao pai eterno.

o dia depois do natal

onde
a cidade
que há pouco havia ali ?

terá se ido
sem destino ou motivo ?

desaparecido
no enredo de um livro ?

como um cisto
absorvida
pelo corpo da paisagem ?

vazio
feito de lascas de aragem ?

a cidade
que há pouco havia ali, jaz
como se nunca houvesse havido

desexistiu-se
entre sonho e realidade

a cidade que havia ali
agora
é saudade.

um dia
depois o outro
o imponderável
como cotidiano novo
quando o céu
não representa
mais conforto
a esperança
se alevanta
como único
e indispensável
sopro.

o algodão e o chumbo

ora leve
ora pesada
ora ambas
ora nenhuma
ora densa
ora tenra
ora dura
ora pluma

a cidade à beira do caos

ora isto
ora aquilo
ora mentira
ora real
ora ponto
ora vírgula
ora líquida
ora heavy metal

um dia
se pensou acima
além
do bem
e do mal

veio a tempestade
e com a tempestade a chuva

o algodão
virou pedra
o chumbo
cristal

a exceção
virou regra
o raro
normal.

o dia brilha
como um jovem

a juventude se perde
tarde adentro

e, tarde demais
se descobre noite

velho
urdindo a manhã.

a paisagem sépia
envelhecida
se esfumaça

afirma
peremptoriamente

que a fogueira da Amazônia
e do Cerrado
é aqui.

manhã veloz
o Minuano despenteia
as águas do Guaíba

o Minuano
varre a paisagem
sem piedade

o Minuano
indiferente ao morador de rua
senta a pua.

furtiva como uma pantera
a alvorada
sangra
a jugular da noite
e bebe
pacientemente
todas as cores do amanhecer.

perguntas a uma nuvem

nuvem
de que rampa decolas?

que catapulta em terra
lançou tua forma aérea

sem sono
sem asas sem pernas?

se em água adejas
o que desejas?

de onde vens
nuvem?

de que sonho formoso
ou pesadelo medonho

de onde ou de quem
este flanar silencioso?

és a fina flor à proa
ou o segredo que voa?

diz-me
nuvem que me assiste

de que rampa avoas
sem deixar laivo?

que lágrimas derramas
em ramas

de quando em quando
de raro em raro?

que atalhos não pegas
nesta trajetória?

em que arca te escondes
depois
que vais embora?

a arte
nunca falta
quando vem a tempestade

nos palácios movediços
ou à beira dos precipícios
a arte diz o que é preciso ser dito

não há nada
neste planetário
que não possa ser reinventado

a arte
o artista
são a tempestade ao contrário.

névoa
sobre a cidade fantasma

feridas
em carne viva
escondidas sob o véu

o fotograma retém a imagem

nem céu
nem chão

apenas as águas
desbordando das margens

retornando ao leito
que sempre foi seu.

este lugar
onde a vista alcança
esta paisagem
que hora aflora à lua mansa
de um eterno agora

esta ilusão
feita de beleza
e leveza
como a escritura íntima
de um poema

qual porto petrificado
à beira de um lago
leito
de água doce
alga presa ao casco

este lugar
de ninguém e de todos
é o ponto
a lança
de nascença desta cidade

onde a árvore chora
e a pedra ri.

um esquecimento gris risca a manhã
escreve a giz na lousa branca

ton sur ton
a palavra esboça
uma letra morta

nada escapa à sua escrita torta

chuva guasqueada
se entranha na pele da tarde

mancha a tez da paisagem

a névoa
prima irmã da bruma
engole
a rua
a lua
o sonho que se dissolve
e vira espuma

nada dura
nada sobra
disse o velho sábio de Constantinopla

as pálpebras
da noite se abrem
como os olhos de uma cobra

só então
o dia
enfim
soçobra.

a chata

a chata
desce o Guaíba

desce
carregada de sorgo
quase sem ser notada

observa a cidade ao largo

segue
em direção à Lagoa dos Patos
como se não saísse do lugar

corta a lâmina das águas

a vida de uma chata
não se conta em anos
como as fragatas

a vida de uma chata
só termina
quando naufraga.

a pele da paisagem cinza
crispa
quando
gotículas
do outono
pousam
sobre sua língua

o sereno cai sereno
sobre a cidadela
garoa na viela

quietude
irrequieta
repousa
por dentro
da aragem

a paisagem
não é uma paisagem
a paisagem é metalinguagem

plumagem ritmada
à margem
das
asas
de uma
miragem.

a nuvem
não é a nuvem
a nuvem é o pretexto
para que a beleza se faça
sem ninguém

a chuva
não é a chuva
a chuva é o pretexto
para uma aguada
por nada

o vento
não é o vento
o vento é um pretexto
sopro que sopra os cabelos
que a chuva molha
e a nuvem olha.

linda a manhã que nasce
sem saber
o drama
que se abate
enquanto a luz arde.

a espera
tem a cor do chumbo

a espera
onde o buraco é mais fundo

a espera
coberta de heras e eras

a espera
que tarda
se desespera
e corrói

sob o asfalto preto da Getúlio
os trilhos dos bondes da Carris.

o balseiro

o balseiro desce o rio com sua cota de almas.
leva um sapateiro, uma servente
e um palhaço.

o palhaço matou milhares de tanto rir.
a servente serviu pratos de comida sem fim.
o sapateiro
perdeu a conta dos passos dos sapatos
que coseu.

o palhaço, a servente e o sapateiro
descem o Guaíba na balsa da meia-noite.

sem óbolos
nem prata nem moeda nos bolsos
jamais farão a travessia.

serão lançados às profundezas da bruma?
irão habitar o leito lodoso das águas?
vão existir como não-vidas perdidas?

o balseiro
imperturbável
desce o Guaíba à luz mortiça da lua.

a borda do dia se pronuncia

mancha de indelével beleza
o córtex da manhã

vento
transparente
sopra

o momento se despe
e se despede
do agora.

a libélula

hoje uma libélula me visitou no 10° andar
uma visita rápida
quase nem deu pra notar
mas ela estava lá
a bela libélula
e a tarde seguiu a bailar.

as nuvens
atravessam a paisagem com suas nuances
de algodão plúmbeo

o lago
quase cor de telha
em nada reflete a maravilha
sob nossas cabeças

o dia gris
convive passivamente
com o tom terroso das águas.

o poema
não está na paisagem
esquina onde habita a imagem

nem no texto
escritura que o leitor lê
sem abrir mão de si mesmo

o lugar do poema
é o jamais o nunca o talvez
o ponto além
de onde se pode ver

o poema
sras. e srs.
nasce da arte
do não dizer.

onde as águas do lago
lambem as margens
um gosto travoso
ganha profundeza

camadas de abandono
recobrem o leito lodoso
de silenciosa aspereza

aparente calmaria
esconde sob a ossatura da areia
atordoada álgebra

a cidade
de um olho só
não tem pálpebras.